I0546893

LES FUNÉRAILLES

DE LA LIBERTÉ.

MESSÉNIENNE.

Par BENJAMIN LAROCHE.

PARIS,

chez CORRÉARD, Libraire, Palais Royal, Galerie
de bois.

Imprimerie de madame JEUNEHOMME-CRÉMIÈRE,
rue Hautefeuille, nᵒ 20.

1820.

AVANT-PROPOS.

UNE loi qui anéantit la liberté des citoyens, une loi qui livre à la merci de trois ministres non responsables la vie de vingt-huit millions de Français, vient d'être sanctionnée par les mandataires du peuple, par les défenseurs naturels de nos droits, par les pères de la patrie.

Mil-huit-cent-quinze est à nos portes, escorté de ses conspirations factices, de ses cours prévotales, de ses sanglans échafauds....

Par une autre loi, on vient de nous enlever la liberté de la pensée, après nous avoir ravi la liberté des personnes.

Une troisième loi enfin va dans quelques jours peut-être anéantir à jamais en France tous les élémens d'une bonne représentation nationale, en abandonnant à l'aristocratie, alliée naturelle du pouvoir, le choix des hommes délégués pour surveiller le pouvoir et l'arrêter dans le cours de ses envahissemens.

Dans ces graves circonstances, le devoir des citoyens est de protester solennellement contre ces violations légales de la charte confiée à la garde de leur courage et de leur fidélité....

C'est ce que nous avons fait dans l'ouvrage que nous offrons au public....

Nous prions nos concitoyens d'y voir non une œuvre littéraire, mais un dernier hommage offert à la patrie par l'un de ses enfans...... Nous terminerons par le vœu suivant dont le pouvoir ne manquera pas de nous faire un crime, mais qui sera compris par tout ce qui porte dans le cœur l'amour de la stabilité et de la liberté qui sont désormais inséparables.

Puisse le jour qui anéantira la dernière de nos garanties constitutionnelles, n'être pas le signal d'une révolution nouvelle, et puissent *les funérailles de la liberté* n'être pas celles de tous les insensés qui se font une gloire cruelle d'abreuver d'humiliations et d'outrages la nation la plus généreuse de l'univers! Pour nous, fidèle à nos devoirs, fidèle aux principes imprescriptibles que la raison a consacrés, la liberté nous verra debout, sur ses ruines, proclamer encore ces vérités éternelles que l'ignorance étayée du despotisme s'efforce de révoquer en doute, mais que tous ses efforts ne parviendront jamais à anéantir.

Impavidum ferient ruinæ.

LES FUNÉRAILLES

DE LA LIBERTÉ.

MESSÉNIENNE.

PLEUREZ, Français, pleurez.... la liberté succombe....
De criminelles mains déjà creusent sa tombe;
Déjà vos ennemis pleins de joie et d'orgueil,
Près d'opprimer la France, insultent à son deuil.
Noirs cachots, ouvrez-vous, et couvrez de votre ombre (1)
Des crimes du pouvoir et l'horreur et le nombre.....
Ferme-toi tristement, temple auguste des lois!.... (2)
Des députés du peuple on étouffe la voix.....
Brise, fier écrivain, ta plume courageuse!...
Le courage déplaît à la haine ombrageuse.
Pour moi, dont, jeune encor, le cœur n'a palpité
Qu'au nom de la patrie et de la liberté,
Moi qui, naguère, osai contre un parti rebelle (4)
De la Charte attaquée embrasser la querelle,
Dût le pouvoir briser ma plume entre mes doigts,
Contre nos oppresseurs j'élèverai ma voix.
Osons enfin flétrir du sceau de l'infamie
Tous les lâches auteurs de notre ignominie,
Et que mon vers brûlant aux siècles à venir
Avec leur déshonneur lègue leur souvenir.

O terre de vaillance !... ô France !.... ô ma patrie !
Pourquoi lever encore une tête flétrie ?
Toi, dont le front brillant se cachait dans les cieux,
Objet de la pitié des mortels et des dieux,
A quel abaissement te vois-je condamnée ?
Qu'as-tu fait de ta gloire, ô France infortunée !
Le monde avec orgueil en montre les débris.
Elle dort sous le sable aux déserts de Memphis. (5)
Le nord a conservé sa mémoire héroïque.
Sa grande ombre erre encore aux bords de la Baltique. (6)
Campagnes d'Austerlitz, ouvrez-moi vos sillons.... (7)
Les voilà les débris de ces fiers bataillons,
De ces vivans remparts, de ces foudres de guerre
Devant qui se brisa le courroux de la terre !
Plaine de Mont-Saint-Jean, rends-nous nos légions !...
J'aperçois un tombeau !... quels sont ces mots ?.... lisons :
« Voyageur, les guerriers dont tu foules la cendre (8)
« N'ont vu que la patrie, et sont morts sans se rendre.
Salut !... mânes sacrés !... nouveaux Léonidas !....
Salut !... vous qui mourriez et ne vous rendiez pas !.....
Terre de Waterlo, sois-leur douce et légère !....
Ils n'ont point vu les pas d'une armée étrangère
Souiller le sol Français, et sur nos vieux remparts
Du Russe et du Germain flotter les étendards.
Ces généreux Français, trahis par la victoire,
Descendaient dans la tombe avec toute leur gloire ;
Et nous que rançonnaient de cruels alliés,
Baissant devant l'Anglais nos yeux humiliés,
Il fallait, en passant sous le joug de leurs armes,
Sourire à l'insolence et dévorer nos larmes.
Mais le ciel ranima notre espoir confondu ;
La Charte nous restait.... nous n'avions rien perdu !....
Oubliant ses malheurs, la patrie éplorée
Environna d'amour cette charte sacrée.

La France grande encor dans son adversité
N'attendit son salut que de la liberté,
Vain espoir !.... de nos droits renversant la barrière,
Mil-huit-cent-quinze ouvrit sa sanglante carrière. (9)
Soudain l'oligarchie, insultant à nos pleurs,
S'élança dans la lice ouverte à ses fureurs.
Sous un voile de sang la Charte fut cachée,
Du temple saint des lois sa statue arrachée ;
D'avides proscripteurs, par la rage excités,
Promenèrent la mort au sein de nos cités;
Des proscrits, par leurs soins, les listes se dressèrent;
Les échafauds sanglans à leur voix s'élevèrent;
On vit les délateurs au crime encouragés,
De prétendus complots découverts et vengés,
Et d'innocens français, grâce à cet art perfide, (10)
Tombèrent étonnés sous un fer parricide.
Ailleurs, le plomb mortel remplaça les bourreaux, (11)
Et sans vie à nos pieds étendit nos héros.
Hélas ! en expirant.... ils saluaient encore
Cette France témoin de leur première aurore.....
Ces beaux lieux où, sanglans, ils gisaient étendus,
Et qu'avait leur valeur tant de fois défendus.....
Mais tandis qu'à leur sort je donne ici des larmes,
Quel cri s'est élevé de la France en alarmes?
Murs d'Avignon, parlez.... Dieu ! quel est ce héros
Que le Rhône engloutit et roule dans ses flots?....
Où vont ces furieux?.... ils vont, forgeant des listes
Teindre d'un sang français leurs poignards royalistes.
Nîmes, verse des pleurs (13), et toi, Marseille, et toi, (14)
Un parti dans tes murs égorge au nom du roi!....
Du roi!... vils assassins!..., il ignorait vos crimes....
On l'eût vu de vos mains arracher vos victimes....
Mais ce peuple, immolé par de vils oppresseurs,
Va dans ses députés trouver des défenseurs.

Qu'osé-je dire? ô crime!... ô comble de l'injure!..

Une équitable voix s'élève..... et l'on murmure! (15)

Le cri de la justice et de l'humanité

Par un rappel à l'ordre est soudain écarté!

Vertueux d'Argenson!..., va, que de cet outrage

Notre amour, nos respects consolent ton courage!

Leur insolent mépris est retombé sur eux,

Et la France a béni tes efforts généreux.

De la tribune ouverte aux accens de la rage

De fougueux orateurs profanent le langage;

On demande du sang, et le législateur

Des rigueurs du pouvoir accusant la lenteur,

D'un vêtement légal habille la vengeance

Et change en loi d'exil une loi de clémence. (16)

C'est peu : nos possesseurs à la Charte ont recours;

Ils osent appeler sa voix à leur secours,

Sa voix qui les condamne... un coupable artifice

De toutes leurs fureurs veut la rendre complice.

Le long voile étendu sur son front radieux

Tombe enfin...., son aspect éblouit tous les yeux.

Nos tyrans ont frémi..... Déjà leur perfidie

Sur le palladium porte une main hardie....

C'en est fait...., des Français les yeux se sont ouverts:

La foudre du monarque, errante dans les airs, (17)

Tout à coup fend la nue..... éclate.... et devant elle

Disperse les débris d'une chambre rebelle.

Nous respirions..... En vain, d'inutiles fureurs

On entendait encor les mourantes rumeurs,

Comme on voit de la mer, après un long orage,

Les flots tumultueux battre encor le rivage;

Le Français avec joie accueillit ce grand jour,

Et de la liberté salua le retour.

Une loi qui rendait l'électeur tributaire

Avait fait tous nos maux..... Une loi salutaire (18)

Rendit le vote libre, en assura l'effet,
Affranchit l'électeur du pouvoir d'un préfet,
Recomposa la chambre et rendit la tribune
Dévouée à la France et non à la fortune.
La liberté dès lors compta des défenseurs (19)
Dont l'honorable voix vint consoler nos cœurs.
L'avancement, naguère usurpé par la brigue, (20)
Fut le prix du service et non plus de l'intrigue.
La science, la gloire acquise au champ d'honneur
Purent seules du temps corriger la lenteur.
Le génie étonné vit briser ses entraves, (21)
Et nos plumes enfin cessèrent d'être esclaves.
Chacun sourit alors à l'espoir du bonheur ;
Chacun bénit tout haut le roi législateur
Qui, par de tels bienfaits, assurait sa mémoire,
Et dans la liberté mettait toute sa gloire.
« Qu'il vive ! disions-nous, ce roi cher à nos vœux !
« Que sa gloire parvienne à nos derniers neveux !....
« Des tyrans de la France il a dompté la rage !....
« Dans le bonheur public il verra son ouvrage,
« Ainsi, le pacte saint ne sera point brisé ;
« *Nul article* jamais *n'en sera révisé.* (22)
« Lui-même il nous l'a dit. Sa parole est jurée.»
Grand Dieu !... du haut des cieux, ta demeure sacrée,
C'est toi qui, te jouant des projets des humains,
Pèses le cœur des rois dans tes puissantes mains !
Souvent, de ta justice appaisant les murmures,
Tu suscites près d'eux des ministres parjures.
Ils sont, Dieu tout puissant, les dons de ta fureur,
Et du roi le plus sage ils séduisent le cœur.
Leur voix adulatrice, adroitement perfide,
Lui peindra ses sujets sous un masque homicide ;
Ils lui diront qu'un roi, sous son sceptre d'airain,
Doit refouler l'orgueil du peuple souverain ;

Et, lui montrant du doigt la liberté qui veille,
Du nom de république effraîront son oreille.
Ainsi, naguère, ainsi leur soufle empoisonné
Vint hâter le trépas du juste couronné,
Et leurs fatals conseils ont seuls creusé l'abîme (23)
Où s'éveilla trop tard la royale victime.
Lorsque notre industrie étalait ses produits, (24)
Que de la liberté nous recueillions les fruits,
Qui l'eût dit que ces jours d'espérance et d'ivresse
Se changeraient bientôt en des jours de tristesse,
Qu'un ministre, au mépris de la foi des sermens,
De la Charte oserait saper les fondemens,
Et de mil huit cent quinze, avec trois lois fatales,
Essaîrait de rouvrir les sanglantes annales?
Quelle main a causé ce fatal changement!
Comment s'est opéré l'affreux rapprochement
D'un imprudent ministre et d'un parti coupable
Vaincu, jamais soumis, et toujours redoutable!
Leur front se releva sous ce nouvel abri;
De joie et de fureur ils poussèrent un cri;
Et toutefois, long-temps, de leur lente vengeance
N'osèrent qu'en tremblant savourer l'espérance,
Jusqu'au jour où le coup qui nous glace d'horreur
Est venu rendre enfin la vie à leur fureur.
Muse, donne à mes vers une couleur plus sombre!....
D'un prince magnanime entends-tu gémir l'ombre?.....
Quel est ce furieux, pâle..... l'œil égaré....
Qui plonge dans son flanc un bras dénaturé.
Oh! que du coup mortel n'ai-je pu le défendre!
Il tombe....! un cri d'horreur soudain s'est fait entendre.
D'étonnement, d'effroi la France a tressailli......
Le Français, indigné, pleure un prince chéri.....
Le soldat, un héros.... le malheureux un père....
Chacun d'un Dieu vengeur redoute la colère;

De la douleur publique éclatent les transports,
Et dans une mort seule on pleure mille morts.... (26)
Mais déjà contre nous se forme un autre orage.
J'entends aux pleurs du deuil mêler des cris de rage!
France! pour te défendre interromps ta douleur!
Sur ce lys qui succombe arraché dans sa fleur
Hâte-toi de verser quelques furtives larmes.....
Hâte-toi..... tes tyrans ont ressaisi leurs armes!
Que dis-je? le forfait qui fait couler tes pleurs,
C'est toi qui l'a commis..... vois tes accusateurs
Sur tes fils, indignés de tant de perfidie,
D'un attentat si grand rejeter l'infamie.
Tu détestais le crime.... on l'impute à ton bras;
Tu pleurais un Bourbon..... c'est toi qui l'immolas;
Un parti triomphant signale sa furie
Et du crime d'un seul on punit la patrie. (28)
De nos élections le code est renversé (29);
En deux rangs d'électeurs le Français est classé; (30)
La féodalité ressaisit sa puissance;
On mutile la Charte avec pleine licence;
De ses mots les plus clairs le sens est abrogé, (32)
Et..... Pasquier prouvera que l'on n'a rien changé....
    Contre les *prévenus* déjà l'on renouvelle
De la loi des *suspects* l'arme affreuse et cruelle. (33)
Dans l'horreur des cachots l'innocence aux abois
En vain à son secours appellera les lois,
Grâce aux nouveaux Merlins, les lois seront muettes,
Et nos cris de douleur n'auront plus d'interprètes.
Mais la presse du moins de ces infortunés
Ira porter la plainte aux peuples indignés....
Non, non; tout est prévu; la presse est enchaînée;
A se taire, à souffrir, la France est condamnée.
Ainsi de toutes parts on veut river nos fers;
On punit dans la France un peuple de pervers.

Famille de nos rois ! voilà par quelles armes
Les insensés voudraient nous imputer vos larmes.
Ah ! si chacun aspire à vous percer le sein,
Si tout français pour vous doit être un assassin,
Fuyez loin de nos bords, famille infortunée!...
Oui, fuyez une terre au crime condamnée,
Qui du sang des Bourbons s'abreuva tant de fois,
Qu'on vous peint toujours prête à dévorer ses rois....
Fuyez.... pour conjurer de si justes alarmes
Des cachots, des censeurs sont d'impuissantes armes;
Si la France conspire et veut votre trépas,
Tout l'univers ligué ne vous sauvera pas ......
Mais non.... loin que du sang cette soif la dévore,
La France veut ses rois, les aime et les honore.
La France a trop appris à ne confondre plus
Avec la soif du sang la haine des abus;
Libre enfin pour toujours, ce peuple magnanime
Ne veut plus d'oppresseur, ne veut plus de victime;
Veut des lois, non du sang ; préfère, mieux instruit,
La liberté qui fonde à celle qui détruit,
Et, du temple des lois relevant les ruines,
A banni le démon des guerres intestines.
Ce peuple qu'on accuse afin de l'opprimer
A contraint dès long-temps le monde à l'estimer.
S'enchaînant un moment au char de la victoire,
Il remplit l'univers du récit de sa gloire;
Ebranla tour à tour Vienne, Rome et Berlin ; (35)
Planta son étendard sur les tours du Kremlin ; (36)
D'un pas victorieux franchit les Pyrénées ; (37)
Vit s'abaisser sous lui les Alpes étonnées ; (38)
Aux fils d'Arminius fit recevoir ses lois ; (39)
Affranchit l'Italie et lui donna des rois, (40)
Réveilla les échos des vieilles Pyramides ; (41)
Fit trembler Albion sur ses rochers humides, (42)

Et, pour la gloire seule ayant long-temps vécu, (43)
S'arrêta..... fatigué de vaincre.... et non vaincu,
Et formidable encor, paisible et sans murmure
A l'arbre de la paix suspendit son armure....
La France vers ses rois alors tourna les yeux,
Devant eux abaissa son front victorieux
Et reçut de Louis ce pacte politique (44)
Qui fit fleurir enfin la liberté publique,
En trois pouvoirs légaux divisa tout l'état, (45)
A la garde des lois mit un double sénat, (46)
Des fautes du pouvoir établit responsable (47)
Le ministre indolent, négligent ou coupable,
Aux députés du peuple osa rendre la voix (44)
Et rouvrit la tribune aux soutiens de nos droits.
Ainsi, quand de nos rangs s'envolait la victoire,
Contre la liberté nous échangions la gloire.
La liberté parut et vint sécher nos pleurs.
Bientôt sa voix magique endormit nos douleurs.
Sous un roi citoyen la France heureuse et sage
Bénit l'auguste auteur de ce sublime ouvrage,
Et la patrie heureuse en son adversité
Du règne d'un Bourbon data sa liberté.
Et c'est nous qu'on accuse! et l'on veut que la France
Immole les objets de sa reconnaissance !....
Cette famille auguste à qui de longs malheurs
Des Français par avance avaient conquis les cœurs,
Qui de la liberté que tout français adore
A nos regards charmés a fait briller l'aurore!...
Le glaive arma nos mains..... mais, dans les champs de Mars,
Nos ennemis n'ont point redouté nos poignards!...
Viens contre ses tyrans justifier la France,
Toi, dont la mort contre elle a servi leur vengeance;
Oui, viens de tous nos maux confondre les auteurs;
Viens imposer silence à nos accusateurs!

Valeureux fils de France, ombre chère et sanglante,
Parais !.... élève-toi de ta tombe fumante ! ...
Parais !.... pâle et mourant, tel que t'ont vu nos yeux
Ce jour qui de tes jours fut le plus glorieux,
Lorsque, près d'expirer, d'une voix affaiblie,
De ton lâche assassin tu demandais la vie....
Mais il parle .... Ecoutez.... c'est la voix d'un Bourbon
Dont la bouche en mourant murmurait le pardon !
« Arrêtez..... vous dit-il, ministres téméraires,
« Pourquoi cette rigueur et ces lois arbitraires ?....
« Au peuple que j'aimais quel sort préparez-vous ?
« Vous voulez de mon ombre apaiser le courroux !
« Ah ! cruels ! ... revenez de votre erreur étrange....
« Je mourus en Bourbon.... en Néron l'on me venge!....
« De *l'homme* (*), s'il le faut, punissez l'attentat;
« Mais, pourquoi dans ma tombe entraîner tout l'état?
« Du crime de ma mort la France est innocente!
« Que veut en l'accusant votre haine impuissante ?....
« Ma mort qui de la France a fait couler les pleurs
« Va servir de prétexte à toutes vos fureurs....
« Pleurs si doux, cher tribut qui consoliez mon ombre, (51).
« Vous qui m'avez suivi dans ma demeure sombre,
« Vous allez vous tarir, ô pleurs religieux,
« Et des larmes de sang vont rouler dans leurs yeux !....
« Ainsi donc l'avenir apprendra que la France
« M'a dû son esclavage et sa longue souffrance,
« Que pour venger mon sang, sous un joug rigoureux
« On a courbé long-temps un peuple généreux,
« Et ma mort qui devait protéger ma mémoire
« Ouvrira le récit de cette horrible histoire!....
« Français!....du haut des cieux j'ai vu votre douleur;
« Cet hommage touchant a réjoui mon cœur.

(*) S. A. R. n'a jamais nommé autrement son meurtrier.

« Vous gémissez du coup qui loin de vous m'exile ;

« Ma vie un jour peut-être eût pu vous être utile.

« Oui, je le sens, pour vous le ciel m'avait formé,

« Français.... je vous aimais.... et.... vous m'auriez aimé. (52).

« Que le trône à ce prix eût eu pour moi de charmes !

« A mon ombre, Français, n'imputez pas vos larmes....

« Des cruels en mon nom vont causer vos malheurs,

« Mais mon ombre en courroux repousse leurs fureurs....

« Je ne puis que vous plaindre.... Et toi, mon second père,

« Toi, long-temps exilé sur la terre étrangère,

« Héritier d'Henri quatre et père des Bourbons,

« Si ta voix me donna jadis les plus doux noms,

« Si, d'un soin paternel, ton auguste tendresse

« Cultiva mon enfance, espoir de ta vieillesse,

« De la charte voilée épargne-moi le deuil !....

« Ne livre point la France au courroux de l'orgueil !....

« De ton fils adoptif c'est la voix qui t'en prie..... (53)

« O ! ne rends point ma mort mortelle à la patrie.....

« Ainsi puisse long-temps ton règne fortuné

« De l'amour des Français fleurir environné ! ....

« Puissent du peuple heureux dont tu romps l'esclavage

« Les bénédictions accueillir ton passage !..

« Ainsi puisse long-temps, à ta royale voix,

« Avec l'amour du trône et le respect des lois,

« Dans tes vaillans états la liberté s'étendre !...

« Et le bonheur public réjouira ma cendre.

NOTES.

(1) Noirs cachots, ouvrez-vous.

Loi suspensive de la liberté individuelle.

(2) Ferme-toi tristement, temple auguste des lois.

Nouvelle loi des élections.

(3) Brise, fier écrivain, ta plume courageuse.

Loi suspensive de la liberté de la presse en ce qui concerne les feuilles périodiques.

(4) Moi qui, naguère, osai contre un parti rebelle,

A l'époque de la déplorable proposition de M. le marquis de Barthélemy, l'auteur publia une brochure sous le titre de *Cri des patriotes français sur la loi des élections.*

Elle eut le malheur d'encourir la disgrace de M. le procureur général qui en ordonna la saisie. Mais tandis qu'on sévissait contre notre ouvrage, les principes qui y étaient proclamés triomphaient à la chambre des députés, la proposition était repoussée, et le succès de la grande bataille nationale nous consola aisément de notre infortune particulière.

(5) Elle dort sous le sable aux déserts de Memphis.

Campagne d'Egypte. Cette campagne qu'illustrèrent d'immortels triomphes et d'immortels désastres appartient à l'épopée qui, un jour, en exploitera les merveilles.

(6) Sa grande ombre est encore aux bords de la Baltique.

Le nom de Dantzick sera long-temps un des plus beaux titres de notre gloire militaire. Prise par Lefèvre, elle fut défendue dans les derniers temps par Rapp. Des prodiges ont illustré la prise et la défense.

(7) Campagnes d'Austerlitz, ouvrez-moi vos sillons.

Cette bataille est, avec Pharsale et Arbelles, du petit nombre de celles qui ont décidé du sort des empires.

(8) Voyageur, les guerriers dont tu foules la cendre
N'ont vu que la patrie et sont morts sans se rendre.

On se rappelle cette inscription placée sur la tombe des Spartiates morts aux Thermopyles :

Voyageur, va dire à Sparte que nous sommes tous morts jusqu'au dernier pour obéir à ses lois.

La France a aussi ses Thermopyles. *La garde meurt et ne se rend pas....* Ces héroïques paroles pourront bien lasser l'admiration, mais ne l'épuiseront jamais.

(9) ..... De nos droits renversant la barrière,
Mil-huit-cent-quinze ouvrit sa sanglante carrière.

J'ai hasardé l'expression de *mil-huit-cent-quinze*, tout en convenant qu'elle n'est pas poétique ; mais il est des mots qui ne peuvent être remplacés ; celui-ci est de ce nombre. Voyez la *Bibliothèque historique* pour les détails de ces temps appelés *terreur de* 1815.

(10) Et d'innocens français, grâce à cet art perfide,
Tombèrent étonnés sous un fer parricide.

Les débats publics ont prouvé, dans la conspiration Pleignier, que les coupables avaient des instigateurs payés et protégés : voyez à ce sujet la *Bibliothèque historique* et le beau poëme de M. Dupaty, intitulé les *Délateurs*.

(11) Ailleurs, le plomb mortel remplaça les bourreaux.

Quelque graves que soient les faits imputés au maréchal Ney et au jeune et infortuné Labédoyère, il est permis de croire que les sanglantes victimes qu'a dévorées 1815 seraient épargnées aujourd'hui si on pouvait en appeler du tribunal de la mort. Voir la *Bibliothèque historique*.

(12)   Dieu ! quel est ce héros
Que le Rhône engloutit et roule dans ses flots.

Assassinat du maréchal Brune. Sa grande ombre attend encore une vengeance qu'a vainement sollicitée jusqu'à ce jour sa veuve infortunée. *Bibliot. historique.*

(13) Nîmes, verse des pleurs !

Assassinat de dix-neuf électeurs du département du Gard : on ne les a point vengés. Prouesses de Trestaillons absous par la cour de Riom. *Bibl. hist.*

(14) . . . . Et toi, Marseille, et toi,
Un parti dans tes murs égorge au nom du roi.

Massacre des Mameluks. *Bibl. hist.*

(15) Une équitable voix s'élève.... et l'on murmure ! ...

On sait que M. d'Argenson, sans être intimidé par les cris des approbateurs du meurtre, eut le courage de dénoncer à la tribune les excès de cette déplorable époque. Les hommes de 1815 répondirent par un rappel à l'ordre..... Ce n'était qu'une plaisanterie, au dire de ces messieurs, que les crimes dont l'honorable député se plaignait..... Dieu nous garde des plaisanteries des hommes de 1815; elles n'ont rien de si plaisant.

(16) Et change en loi d'exil une loi de clémence.

Loi d'amnistie, ou mieux loi de proscription.

(17) La foudre du monarque errante dans les airs, etc.

Ordonnance du 5 septembre. Le ministre qui la provoqua mérita bien de la patrie. Il est disgracié ; raison de plus pour le dire.

(18) . . . . Une loi salutaire
Rendit le vote libre, etc.

Loi des élections. On veut nous la ravir pour la seconde fois. C'est la bête noire des ultra.

(19) La liberté dès lors compta des défenseurs.

Lafayette, Manuel, Benjamin Constant, Dupont de l'Eure, Martin de Gray, Voyer d'Argenson, Chauvelin, Jobez, etc... intrépides défenseurs de nos libertés, recevez en récompense de vos généreux mais infructueux efforts l'hommage de la reconnaissance nationale ! Dussiez-vous succomber dans cette lutte mémorable de la liberté contre le despotisme, il **vous** sera toujours glorieux d'avoir combattu.

Causa diis placuit victrix, sed victa Catoni.

(20) L'avancement naguère usurpé par la brigue
Fut le prix du service et non plus de l'intrigue.

Loi de recrutement. Si les ultrà triomphent, elle ne tardera pas à être abrogée... *Elle est conforme à l'égalité.*

(21) Le génie étonné vit briser ses entraves.

Liberté de la presse. Une partie déjà nous en est ravie.

(22) *Nul article* jamais *n'en sera révisé.*

Termes de l'ordonnance du 5 septembre.

(23) Et leurs fatals conseils ont seuls creusé l'abîme
Où s'éveilla trop tard la royale victime.

L'histoire dira que les perfides conseillers du malheureux Louis XVI ont été les premières causes de sa ruine que s'efforcèrent en vain de retarder les vertueux patriotes de 89; et ces hommes cependant sont tous les jours qualifiés de jacobins par les ultrà !

Risum teneatis, amici.....,

(24) Lorsque notre industrie étalait ses produits.

Exposition des produits de l'industrie française. Elle honore le ministère de M. Decaze.

(25) D'un prince magnanime entends-tu gémir l'ombre ?

Assassinat de S. A. R. Mgr. le duc de Berri, le 13 février 1820, à la sortie de l'Opéra. L'assassin se nomme Louvel. La postérité saura que les ultrà ont exploité cette mort à leur profit, au détriment de la France.

(26) Et dans une mort seule on pleure mille morts.

S. R. A. a été sincèrement pleurée par les amis de la liberté, parce qu'ils sont aussi les amis de l'humanité; ces deux sentimens sont inséparables dans le cœur de l'homme libre.

(27) J'entends aux pleurs du deuil mêler des cris de rage.

Désordres occasionés par les ultra dans les lieux publics. Outrages faits à de modestes militaires revêtus de l'étoile des braves et désignés par le gouvernement sous le nom d'*officiers à demi-solde*. M. de Corcelle, député du Rhône, publiquement insulté par ces furieux qui ne voyaient dans le deuil universel qu'une occasion de vengeance.

(28) Et du crime d'un seul on punit la patrie !

C'est à l'histoire à qualifier dignement la conduite des ministres qui, le jour même de la mort de S. A. R., vinrent froidement présenter aux chambres des projets liberticides qu'une louable pudeur les avait empêchés de produire depuis plus d'un an.

(29) De nos élections le code est renversé.

Nouvelle loi des élections.

(30) En deux rangs d'électeurs le Français est classé.

Article 1ᵉʳ de la nouvelle loi.

(31) La féodalité ressaisit sa puissance.

Cette loi est faite toute entière dans l'intérêt de l'aristocratie que l'on voudrait mais en vain ressusciter parmi nous. L'esprit français est tourné à l'égalité.

(32) De ses mots les plus clairs le sens est abrogé.

Les ministres prétendent que *concourir* à l'élection des députés signifie *concourir* à l'élection des candidats parmi lesquels seront choisis ces députés. Admettons cette absurdité. Que devient le concours, si cette candidature est elle-même sans effet ? Par exemple, un département composé de cinq arrondissemens a cinq députés à élire. Chaque arrondissement élit cinq candidats. Qui empêche le collège de département de choisir pour députés les cinq candidats du premier, du deuxième, du troisième, du quatrième ou du cinquième arrondissement en n'ayant aucun égard aux candidats présentés par les quatre autres. On demande à MM. les ministres si les arrondissemens dont les opérations n'ont contribué à rien, auront

concouru selon le vœu de la charte. Pauvre nation Française !..
Comme on t'abuse avec des mots !.....

(33) De la loi des *suspects* l'arme affreuse et cruelle.

Il semble que l'arbitraire et le despotisme aient toujours voulu
tourner dans le même cercle depuis qu'il y a des peuples et des
ministres. En effet, depuis la loi des *suspects* de sanglante mémoire, jusqu'à la loi des *prévenus* de ridicule mémoire, et déjà
frappée par ce ridicule même d'une mort anticipée, tous les
partisans de l'arbitraire se sont servilement traînés sur les tra-
ces de leurs prédécesseurs. Je me trompe ; la loi de 1793 accor-
dait des conseils aux personnes arrêtées, et la loi de 1820 les leur
refuse. M. Pasquier l'a dit. Dans tout le reste il y a parité
parfaite.

Il serait bien temps enfin de nous donner du nouveau, et l'arbitraire n'est pas nouveau pour nous, tandis que la liberté pour-
rait bien être chose nouvelle. On ne nous y a pas souvent accou-
tumés. Nos gouvernans y ont mis bon ordre et s'en sont toujours montrés singulièrement avares. En un mot, on ne peut
pas dire qu'en fait de gouvernement, nous soyons des enfans
gâtés.

(34) Non, non, tout est prévu. La presse est enchaînée.

Loi suspensive de la liberté de la presse, en ce qui concerne les
journaux et leurs rédacteurs, ce qui équivaut à l'égard de ces
derniers à la suspension de la charte, c'est-à-dire, des droits de
citoyens, envers des hommes qui ne se sont cependant pas
placés dans le cas prévu par la loi pour cette suspension ; car je
ne sache pas que tous aient mérité les fers.

Nos ministres voudraient-ils par hasard se substituer à la
loi ?.... Seraient-ils eux-mêmes la loi ? Je l'ignore, mais toute
leur conduite tendrait à nous le prouver.

(35) Ebranla tour à tour Vienne, Rome et Berlin.

Campagnes de 1804, 1805, 1806, 1807, 1808, 1809. Ces
campagnes sont des prodiges.

(36) Planta son étendard sur les tours du Kremlin.

Campagne de Moscou.

(37) D'un pas victorieux franchit les Pyrénées.

Campagne d'Espagne.

(38) Vit s'abaisser sous lui les Alpes étonnées.

Campagne d'Italie.

(39) Aux fils d'Arminius fit recevoir ses lois.

Campagne d'Autriche.

(40) Affranchit l'Italie et lui donna des rois.

Etablissement des royaumes d'Italie et de Naples.

(41) Réveilla les échos des vieilles Pyramides.

Campagne d'Egygte.

(42) Fit trembler Albion sur ses rochers humides.

Blocus continental. Camp de Boulogne.

(43) S'arrêta.... fatigué de vaincre.... et non vaincu.

Campagne de 1814, terminée par la paix de Paris.

(44) Et reçut de Louis ce pacte politique.

Promulgation de la charte, le 4 juin 1814.

(45) En trois pouvoirs légaux divisa tout l'état.

Division des trois pouvoirs.

(46) A la garde des lois mit un double sénat.

La chambre des pairs et celle des députés.

(47) Des fautes du pouvoir établit responsable.

Responsabilité des ministres consacrée par un article de la charte. Nous attendons encore l'exécution de cet article sans lequel il n'y a pas de gouvernement représentatif.

(48) Aux députés du peuple osa rendre la voix.

Publicité des débats de la chambre des députés.

(49) Et la patrie heureuse en son adversité
Du règne d'un Bourbon data sa liberté.

Voilà ce qu'on ne saurait se lasser de redire, et ce qui répond victorieusement à nos oligarques qui accusent les amis de la liberté d'être les ennemis du trône, comme si le trône n'était point, dans notre système constitutionnel, une garantie nécessaire de la liberté, et peut-être la plus forte de toutes les garanties, puisque son heureuse initiative peut seule nous préserver de l'anarchie et du despotisme des oligarques qui est aussi une autre espèce d'anarchie non moins redoutable que l'anarchie populaire. Cependant, grâce à la loi nouvelle des élections, cette salutaire initiative ne sera-t-elle pas détruite par le fait le jour où l'aristocratie ayant converti le droit d'élire en électorats héréditaires, ayant envahi tous les collèges de département, disposera à son gré de la puissance législative, et rendra nulle entre les mains du monarque la faculté de dissoudre les chambres que lui confère notre pacte constitutionnel? Tant il est vrai qu'aujourd'hui les plus mortels ennemis du trône sont ceux qui s'en disent les amis exclusifs.

(50) De ton lâche assassin tu demandais la vie.

Ce trait sublime sera immortel et protégera dans la postérité la mémoire de son auteur.

(51) Pleurs si doux, cher tribut qui consoliez mon ombre.

La douleur publique a accompagné le convoi de S. A. R.; les pauvres surtout y ont pris part.... ils venaient de perdre leur père.

(52) Français, je vous aimais et vous m'auriez aimé.

Il eût été bon roi celui qui, en mourant, demandait la grâce de son meurtrier.

(53) De ton fils adoptif c'est la voix qui t'en prie.

J'ai un dernier devoir à rendre à mon fils adoptif, dit le monarque à ceux qui voulaient lui dérober ce douloureux spectacle..... Alors, appuyé sur l'un de ses officiers, il s'approcha du lit funèbre et ferma les yeux du fils de France qui venait d'expirer ! ! ! . . . .

. . . .

www.ingramcontent.com/pod-product-compliance
Lightning Source LLC
Chambersburg PA
CBHW061742180626
46818CB00006B/2716